현대시세계 시인선 128

새를 데려오는 일

정솔
시집

새를 데려오는 일

정솔
시집

도서출판 북인

시인의 말

지었다가 허물고 다시 지은 집에 물거울을 달았다.
잔잔한 수면에 손가락 하나를 집어넣으면
찔려서 아파하는 물,
가운데서 가장자리로 가려는 속성은 파경을 맞는 저항,
깊고 불안한 가운데서 빠져나와
물에 젖은 발자국 하나 남긴다.

2021년 봄
정솔

차례

시인의 말 5

1부

비표준어 빵꾸 · 13
슬리퍼를 속되게 부르면 · 14
수면 부족에 시달리는 종 · 15
주머니가 하고 싶은 말 · 16
얼룩말 미싱 · 17
계량 1번지 · 18
와인 족욕 · 19
손목터널 · 20
들고 다니는 오백 · 22
애를 먹다 · 24
국자의 완고함 · 26
빌려주는 집 · 27
뱅어포구이 · 28
노출의 계절 · 30
물의 산란 · 31

2부

SS 행성 · 35
눈과 눈사람에 대해 깊이 생각함 · 36
수수, 수수하다 · 38
숨은 그림 찾기 · 40
어차피 같이 살 거라면 · 42
줄의 배경 · 44
사라지는 것을 전제로 · 46
새를 데려오는 일 · 48
아침을 맞는 이유 · 49
마른 나무 돌려깎기 · 50
길도 되고 줄도 되는 · 51
몸의 외부 · 52
겨울 편지 · 54
묶을 때와 풀 때 · 55

3부

댕강나무 · 59

현관 나들목 · 60

안녕이라고 할 때마다 · 61

정확히 이분二分 · 62

조팝꽃 별자리 · 63

누가 명자를 부를 때 · 64

봄은 분홍 재킷을 입고 온다 · 65

화문花紋 · 66

잠의 우물 · 68

목마른 길 · 70

약성과 향기의 이분법 · 72

백비白碑 읽는 법 · 73

청주 욕쟁이할매 · 74

마음의 문 · 76

4부

1234는 버리고 56789는 올리고 · 79
아버지를 닮은 사람들 · 80
종이문패 · 82
기분 좋은 밤 · 83
그 밤과 이 밤 · 84
여강을 아시나요 · 86
옮겨심기 · 87
9 : 1의 엄지 · 88
발이 들어 있는 눈 · 90
입 속에 살고 있는 어훙 · 91
텔레비전과 싸우는 어머니 · 92
종이컵 · 94
번뇌를 솎아내도 · 95
우산밭 · 96
미친 커피 · 97

해설 '다정의 근처'를 서성이는 시적 주체와 사물의 세계 / 우대식·98

1부

비표준어 빵꾸

악수를 해본 적 없지만
악수를 모르는 건 아니다

손톱이 없어서
매니큐어를 바를 시간이 남아돌아가는 손, 처음엔 겨울용으로 만들어진 손, 궂은일을 붉은 취기로 가리지 않고 누구의 손으로 살다가 쉽게 버려지는 손,

섬섬옥수는 아니다

기도는 알지만
기도를 해본 적는 없는 손,

편애하는 쪽에 구멍이 나야 휴지기에 들 수 있는 빨간 고무장갑, 찔리거나 찢어져야 버려지는 아픈 손가락들

버려지는 것도 선택이다

슬리퍼를 속되게 부르면

건기와 우기가 공존하는
화장실 문 앞에 있다
빨리 신고 빨리 벗으려고
오른쪽 왼쪽 바꾸어 신어도
특별히 불만이 없어서
가장 만만한 신발
집집마다 화장실마다
한 켤레씩 있는 신발
신발장이 필요한 구두가 아니라서
들어갈 때와 나올 때
남녀노소 구별 없이 가족 모두 신지만
왼쪽 오른쪽이 있는 신발
물때가 끼면
값이 싸서 쉽게 버릴 수 있는 신발
특별히 맨발을 좋아해
거품 사워를 즐겨
가끔 미끄러움을 태우는 신발
가장 더럽지만 가장 깨끗한 척
빨리 젖고 빨리 마르는 물의 신발,
가족 몰래 외출을 꿈꾸는 쓰레빠

수면 부족에 시달리는 종

시작과 끝을 알리는 소리의 거처

목록부터 한자투성이인 종의 연대기에 종을 주조한 목적과 설화가 소리를 따라 다음 장으로 넘어간다

소리를 파종하는 종
깊은 잠을 자는 것은 사치

수없이 두들겨 맞는 소리가 잠꼬대라면 잠꼬대에 깨는 사람도 있고 자는 사람도 있고 끝도 되고 시작도 되는 타종

왕조의 실록보다 더 두꺼운 종의 실록
소리의 파편일 거라는 추측은 다음 장으로 넘어갈 때까지

제 몸을 때려서 울리는 아픔이 전해지는 순간 귀를 갖고 있지 않아도 늘 수면 부족

주머니가 하고 싶은 말

주면 주는 대로 받아먹고
게워내는 입술 무늬 주머니
점진적으로 부풀어지다가 줄어들면
무소유에 가까워지는 주머니
신용카드를 분실하였을 때
맨 먼저 주머니를 의심
죄 없는 공복의 주머니가 탈탈 털린다
무례한 손이 몇 번씩 들락거리고
그것도 모자라 주머니를 꺼내고 뒤집어
부끄럽게 하는 행위의 순서
때로는 스스로 뒤집어져서
결백과 무죄를 증명하는 주머니
순서 있게 들어가 막 섞여져
역류성 위염에 걸릴까봐
마지막에 입는 수의에는 없다는 주머니
은폐된 곳이라서 더디 마르는 곳
좀처럼 속을 내보이지 않지만
스스로 뒤집어져서
속마음을 보여줄 때
두 손 넣고 걷는 걸 경고하는 주머니

얼룩말 미싱

달리면서 새겨지는 초원
고삐를 일정하게 당기고 풀어줘야
음각으로 새겨지고
양각으로 피어나는 꽃들이
잘 누벼지도록 눌러주는 노루발
앞걸음치고 뒷걸음치다가
고삐의 매듭이 풀려서
단내가 나는 숨을 고르면
잠시 쉬어가는 한 계절
얼룩말 배 밑에 감추어 놓은 북집은
밥줄, 저 줄을 잡고 달리고 달려야
옥스퍼드지 위에
수백 송이 꽃을 피울 수 있고
저물도록 달려야
지평선 끝에 밥이 있었다
나와 함께 오랫동안 초원을 누볐던
얼룩말 미싱
툭 부러질 것 같은 다리에 기름을 치고
숨을 몰아쉬며 달리고 싶다

계량 1번지

밥이 된 걸 제일 먼저 알고
밥맛을 보는 것도 밥을 푸는 것도
주걱이 먼저지만
주걱으로는 밥을 먹을 수 없어서
한번 주면 정 없다고
두세 번을 퍼주는 주걱의 권리는
밥을 배분하는 일,
숟가락을 부르는 일
주걱 근처에 놓이는 숟가락은
주걱이 하는 일을 부러워하고
주걱은 숟가락을 부러워하는 식사시간
밥공기에 밥을 퍼넣는 자격은 주걱뿐
누가 밥을 얼마만큼 먹는지
나이와 체질에 따라 배분할 줄 아는
다정의 근처
드세요, 더 드세요 재촉하는
계량 1번지에 주소를 둔 주걱은
숟가락의 허기를 모르고
숟가락은 주걱의 큰 뜻을 모르는
주걱과 숟가락의 계량 1번지

와인 족욕

발가락은 발가락끼리
발바닥은 발바닥끼리
부어주는 대로 건배를 한다

쥐가 자주 나던 발
수십 년간 끌려다닌 발
포도의 상처로 만들어진 술로
보상받고 위로받는 시간
발도 술을 마시면
벌게진다는 걸 처음 알았다

앞만 보고 달렸던 발이
기분이 좋아 발그레한 걸 보면
술기운을 빌려 주사를 부려도
다 받아주어야겠다

족욕을 끝낸 발의 기분
하늘이 돈짝만 하게 보여
하늘도 사고 땅도 살 수 있겠지만
술 안 취했다고
집까지 데리고 가는 발

손목터널

손목이 저려 병원에 갔다
엑스레이 사진과 손목을 살펴본 의사
손목터널증후군이라고 했다
내 몸에 터널이 있다니
그것도 손목에 있는 터널
약 먹을 때는 뚫리다가
안 먹으면 다시 막히는 손목터널
주물러도 보고 파스를 붙여봐도
요즘 정체가 심해져서
손목터널을 통째로 들고 병원에 갔다
꽉 막힌 손목터널 안에
빨간 불 켜져 있어서
무조건 쓰지 말라고 하는데
하루 종일 이리저리 들고 다니다가
잠잘 때만 내려놓는 손목터널은
새벽이면 다시 들고 다녀야 하는 길
처음부터 손목이 길인 걸 알았다면
쓸 때 안 쓸 때를 가렸을 텐데
손목을 기점으로
오거리 다섯 손가락 지방도로까지

비상구도 없는 손목터널이 막혀
침을 맞아봐도 그때뿐
다시 막히는 손목터널

들고 다니는 오백

돈을 빌려주고 악어백으로 받았다
백을 주면서 손해보고 준다는 지인
떼이는 것보다 낫다는 생각으로 받은 악어백
지문이 묻을까봐 장갑 끼고 닦아주고
아마존의 우기가 생각날까봐
물 먹는 하마를 넣고
틈틈이 거풍을 시켜준 악어백
한번 앙 다물면 놓아주지 않는
악어의 습성,
동절기에 적응 못해서
열리지도 닫히지도 않는 악어백
친구가 지켜주고
친구의 악어백은 내가 지켜가며
음식을 먹게 하던
악어 이빨 두 개가 쏙 빠졌다
백화점 매장에서도
명품만 수선한다는 곳에서도
내 백은 가품이라고 했다
악어백은 가품이라고 했다
빚에 물리고

악어에게 또 물리고

믿는다, 속은 다음에 불신을 믿는다

애를 먹다

애 볼 때 애 먹은 걸 까먹고
삼합집에서 서비스로 나온 애를 먹으면서
진짜 애 먹는 줄 알았다

먹기 좋은 크기로 썰어놓은 애
꽃송이를 다루듯 살살
애 한 점 넣으면
입안에서 사르르
거시기에 비해 큰 애를 먹는 일

살구꽃 같은 애 한 점 넘기는 동안
애간장이 녹았을 홍어
귀상어한테 쫓겨 애 터지는 줄 알았던 일
어선이 지나갈 때 애가 타들어가던 일로
애태우던 애 한 접시를 앞에 놓고
맨 정신으로 남의 애를 먹을 수 없어서
숭고하게 막걸리를 마시며
애를 먹는다는 건 진짜 애 먹는 일

어느 날 어떤 곳에서

까맣게 탄 내 애를 내 애가 본다면
며칠은 숭고해지겠다

국자의 완고함

제일 먼저 간을 보는 국자
밥공기에 국을 퍼담으면 오류,
한 치의 어긋남이 없이
국대접에 국을 담는다
뜨거운 국솥을 휘저을 수 있는 것은
오직 국자뿐
때로는 벽에 걸려서 휴식을 즐기는 국자
국자는 남녀노소 먹을 양을 알고
기준을 세워놓고 정확하게 퍼준다
숟가락으로 아홉 번 퍼넣을 량을
한 국자면 되는데
한 국자 뜨려면 6의 각도에서
수저를 제치고
국자가 제일 먼저 간을 본다
국자가 국맛을 모르면
국자를 믿고 간장을 넣는다
국자는 그릇에 용량을 잊지 않고
국대접에 7부쯤 국을 푸는 국자

빌려주는 집

파마를 한 다음 날 아침 몰골은
문명이 미치지 않는 곳
까마귀가 알을 낳기 좋은 짚 주저리 같은 곳
머리카락을 끌어모아
검은 발로 알을 굴려도 알은 떨어져
꿈결에 까만 울음이 들렸다
아침이 되면, 매일 밤
까마귀에게 집을 빌려주는 사람보다
먼저 일어나 날아가
멀리서 보면 까마귀 보금자리
밤마다 발이 세 개인 삼족오 꿈을 꾸는
어둠의 밀도가 높은 밤
화학냄새 나는 숲에서
굵은부리까마귀 세 개의 발은 바쁜데
밤새 울던 까마귀
밤 사이 지은 집에서 나갔다가
내가 잠들면 다시 날아와
알을 낳고 새끼를 치는 까마귀 가족들
알이 염려스러워 발톱 끝으로 둥지를 끌어모아
집은 여전히 헝클어진 짚 주저리
새끼 낳고 키워서 나가라고 빌려주는 집

뱅어포구이

종대로 횡대로 모인
너와 너의 일가친척들
물속에나 얌전히 있지
떼거리로 몰려다니다 떼거리로 잡혀
기름 세례, 고추장 세례 받고
떼거리로 프라이팬에 누워 있는 요놈들
돌아치다가 그것 봐라

이렇게 될 줄 몰랐다고

뱅어에서 뱅어포로,
뱅어포에서 뱅어포구이로 가기 전에
고추장으로 기초화장하고
생기발랄 기름 발라
뜨거운 프라이팬에 한두 번 뒤적이면
꼴에 생선이라고 비린내 풍기는 요놈들
미안하지만 맛있겠다

기왕 이렇게 된 것 맛나게 해달라고
걱정하지 마

칼슘을 섭취하려면 미세먼지쯤이야

노출의 계절

욕처럼 후끈한 껍질을 벗겼다
옥수수 수염 수와
옥수수 알갱이 숫자가 같은
일곱 겹으로 된 옥수수는
방음장치가 잘된
숲속 신도시 초고층 아파트
22층에 입주해 살고 있는
조명나방 애벌레 한 마리
사생활 노출을 극도로 꺼리는 애벌레
알몸이라서 부끄러운지
옥수수 껍질 속으로 쏙 들어가
불안했는지 꿈틀꿈틀 기어나왔다가
다시 옥수수 껍질로
기어들어가는 걸 보면
몇 십 년 전 고향을 떠나
서울에 온 나도 저랬을 노출의 계절
여름 내내 공짜로
식량 걱정 안 하고 살던 방을 뺏겨
똥만 남기고 사라진 조명나방 애벌레와
때가 되면 떠나야 하는 우리도 애벌레

물의 산란

목새*가 운다

목새의 울음소리에 푸른 물빛이 고여 있다 소리의 촉수들이 물처럼 떨어지며 목새가 낳은 물의 아이들, 일제히 직립자세를 하고 노래를 한다 바람이 지휘하는 대로 도미노로 밀려나는 소리, 내부까지 흔들었던 소리가 하르르 하르르 흘러내린다 높은 음은 하늘로 올라가고 낮은 음은 땅으로 스며들어서 모두 물을 부른다

물의 아이들이 노래하고 있다 목새가 몸을 떨어가며 노래한다
물의 아이들 다같이 힘을 주고 부를 때마다 목새는 물의 알, 물의 아이를 낳는다

목새가 온몸이 부서져라 물을 낳는다

*목새 : 물결에 밀려서 한곳에 쌓인 보드라운 모래.

2부

SS 행성

떨어졌다

어느 봄날 궤도를 이탈한 얼음행성

냉동실을 열자마자 발등으로 떨어진 검은 비닐에 쌓인 물체

일 년에 몇 번 냉장고에서 떨어지는 운석, 프라이팬에서
행성의 일대기가 소멸되고 있는 쑥버무리 소행성,
부풀어지면서 수증기가 생기고 대기가 불안정한

곰 발바닥 같다

단오절이 녹고 있는 얼음행성에도 곰이 살았나보다
여자가 되기 위해 쑥떡을 해먹다가
어느 봄날 떨어뜨린 저 쑥버무리 얼음행성,
냉동실을 열 때마다
행성 하나씩 떨어져 우주 재벌

어느 미래에서 온 운석, 발등에 봄이 떨어졌다

눈과 눈사람에 대해 깊이 생각함

배경화면은 펑펑,
두 손으로 받는다

내린 눈으로 바뀐 배경화면,
발자국에 짓눌린 눈의 비명 소리가 뽀드득

눈은 눈끼리 모여 살라고 주먹만 하게 뭉쳐준 눈덩이 두 개 구르면서 몸집을 부풀려 상체보다 하체는 다이어트가 절실한 겨울
사람을 만들어놓고 눈과 코를 붙이는 일

개들이 달리는 배경

밟아보고 싶다는 생각과 눈을 집어먹고 싶다는 생각으로 쌍으로 뒹군 외설적인 풍경을 지우는 방식으로

또 눈이 내린다
눈을 우대하는 방식, 두 손으로 받는다

눈은 펄펄 끓어서 내리는데

발이 시린 개들은, 개새끼들은

배경 속에서 눈과 눈사람에 대한 예의로 달린다

수수, 수수하다

언제 어디서든 자주 듣는 말
처음 들을 때는 좋은 말

수수 - 볏과에 속한 한해살이풀의 열매
수수收受 - 돈이나 물건을 거두어 받음, 무상으로 금품을 취득하는 행위
수수授受 - 돈이나 물건을 서로 주고받음
수수數數 - 아주 많은 수
수수袖手 - 어떤 일에 직접 관여하지 않고 내버려둠
수수 - '삭삭[數數]'의 비표준어
수수水手 - 고려시대 세곡 운송선 선원
수수颼颼- '솔솔'의 비표준어
수수手首 - 손과 이어지는 팔의 끝부분
수수垂手 - 손을 드리우고 절을 함
수수戍守 - 변방을 지킴
수수手授 - 물건을 자기 손으로 직접 줌

수수하다 - 그리 좋지도 않고 나쁘지도 않고 어지간하다. 꾸밈이나 거짓이 없고 까다롭지 않아 수월하고 무던하다

이 많은 수수와 수수하다 중에
공무원도, 교사도, 정치인도 아닌 내게 해당하는 수수, 수수하다는 어디쯤일까

숨은 그림 찾기

몇 시간째 공복이다
몇 시간째 파도 치고 있다
몇 시간째 틀에 갇혀 있다
몇 시간째 술 냄새가 풍겼다
몇 시간째 길잡이별을 찾고 있다
몇 시간째 이방인의 냄새가 났다
몇 시간째 화장실도 못 가고 있다
몇 시간째 이국의 언어가 날아다녔다
몇 시간째 저렴한 웃음소리가 들렸다
몇 시간째 바닷바람이 문을 여닫고 있다

노르웨이 트롬쇠 항구에서 유화로 그린 19세기 폐선,
네모진 바다 네모진 항구에 정박 중인 배

몇 시간 만에 승선했다
몇 시간 만에 선수에서 선장의 모자를 찾았다
몇 시간 만에 갑판에서 고래의 등뼈를 찾았다
몇 시간 만에 화물창 덮개에서 식수통을 찾았다
몇 시간 만에 반이 지워진 폐선의 이름을 찾았다
몇 시간 만에 십자가를 걸고 있는 해골을 찾았다

몇 시간 만에 좌현에서 고장난 나침반을 찾았다
몇 시간 만에 배의 난간에서 찢어진 그물을 찾았다
몇 시간 만에 찢어진 물 장화 한 짝을 찾았다
몇 시간 만에 선미에서 물이 번진 항해일지를 찾았다

어차피 같이 살 거라면

지금도 그날을 기억해
CT 필름과 대장내시경 화면을 보면서 소화기내과 과장님
크론을 소개할 때 철학자인 줄 알았어
그날 이후, 곱창이나 막창은 먹을 수가 없었지

소장과 대장 이음매에 석순처럼 매달려 살아가는 너
죽은 듯이 있어도 미워할 판인데 우유나 날 회를 먹으면 무섭게 화를 낼 때마다 약을 먹여 달랬는데 오늘은 약을 먹여도 달래지지 않는 너 미리 신호를 보냈을 텐데 눈치가 없어 여기까지 오게 해서 미안해, 정말 미안해

12년 전 갑자기 찾아온 크론
그때 너를 원망하지 않았어

너는 내 살과 피로 염증을 만들고도 불만을 표시할 때 오히려 너를 진정시키기 위해 한 움큼의 약을 먹어주면서 너와 정이 들 줄 정말 몰랐어

둘이 사는 건 서로를 아프게 하는 일
죽을 때까지 어차피 같이 살 거라면 사이나 좋아야지

안 그래, 크론

*크론병 : 소화기계 염증성 장 질환.

줄의 배경
— 지름길로 가려면

출근의 배경은
퇴근의 배경으로
정해진 목적지로 가기 위해
매일 아침마다 뛰어서
버스 정류장에 와보면
출발은 길고 도착은 먼 줄
줄에 매여 살고 줄에 밀려다녀도
그 줄에 있어야
버스를 타든 지하철을 타든
앞으로 밀고 안 민 척할 때
누군가 뒤에서 밀면
못이기는 척 기울어지는 줄
반드시 끝은 있지만
바로 내 앞에서
끊어지는 줄이라도
보이지 않는 줄이라도
있어야 쉽게 살아가는 세상
지름길로 가려면
혈연과 지연과 학연의
연줄이라도 있어야 되는데

이 줄도 저 줄도 없으니
아침마다 뛰어도 줄 끝이다

사라지는 것을 전제로

어느 순간 검은 색으로 바뀌는 나라

우산 쓰는 날만 빼고 조명을 함부로 끄지 않는다는 규칙만 지킨다면 당신은 언제든지 오고 언제든지 갈 수 있다

반 강압적인 검은 색깔로 통일한 후

은폐보다 엄폐에 가까운 그 나라 사람들 모두 검은 옷을 입어서 국상인 줄 알았다

어느 순간 검은 색으로 바뀌는 나라

색깔 옷을 입는다는 것은 불법
남녀노소, 신분과 직업이 달라도, 검은 옷을 입고 있는 나라
울음과 웃음도, 숨쉬기와 하품도, 손짓과 발짓도 모두 블랙

색깔 있는 옷을 입을 수 없는 나라에 들어갈 때나 나갈 때 함부로 불을 끄면 안 된다는 명문화된 규칙

블랙은 그림자나라의 보호색으로 콤플렉스나 트라우마까지 지워지는 나라

사라지는 것을 전제로 불을 끈다

새를 데려오는 일

낮보다 밤이 무거운 페루 해변
새의 울음소리가 길어지면 울음이 가득한 페루의 밤도 길어졌다

새의 사생활은 울수록 자유로워 페루의 바다로 모여드는 새를 데려오는 일은 울음을 노래라고 노래를 울음이라고 듣는 귀는 따로 있지 않아 울음을 노래로 알고 우는 새를

비행기로, 자루에 묶어서 목소리에 넣어서, 눈 속에 넣어서 가장 저렴한 방법으로 데려온 새

도착하는 즉시 주의사항을 반드시 읽어보고

새장을 두 번,
두 번 이상 흔들 때는 이명증에 걸릴 확률이 높아서 왼손으로 날려보내는 방법을 당신에게만 금요일에 권한다

아침을 맞는 이유

탈출하기 위해 오는 아침

게으른 사람에게는 장막, 부지런한 사람에게는 경이로운 아침 당신은 깃털처럼 가벼워져 새처럼 날고 싶지

태양이 돌아앉아 밤새 색깔 있는 것들이 모조리 탄 잔해 위로 창문을 잠가도 직진으로 침입하는 빗살무늬 아침, 내용이 사라진 체위로 맞는 아침은 탈출하기 위해 시간을 빌려 정오 쪽으로 기울고 정오에서 오후로 기울겠지만 돌아앉았다가 다시 돌아앉는 아침

이것 좀 봐
탈출했던 아침이 온통 겹쳐 있잖아

마른 나무 돌려깎기

깎을수록 짧아진다

하지 지나면 줄어드는 낮의 길이처럼 깎아낼수록 줄어드는 흑심으로 향나무 냄새를 흘려 써야 하는

사서私書가 필요한 날, 문장이 길어질수록 연필의 흑심은 짧아지고 나의 흑심은 길어져 뒷장을 슬쩍슬쩍 커닝하던 흑심은 중심을 잡을 줄 아는 연필

모방으로 침을 묻히는 흑심, 저항을 받거나 꾹꾹 눌러쓸 때 똑 부러지는 소리가 첨삭으로 남는 지면紙面

뭉툭해진 연필을 연필깎이통에 넣고 돌려
자동으로 줄어드는 연필의 길이,

부주의로 연필깎이통을 엎지르고 보면 마른 나무가 부서져 있다

길도 되고 줄도 되는

구름 한 점 없음
햇빛은 그늘을 찾게 하지

그들이 이사할 때는 비가 내리기 전

여왕을 호위하는 호위 개미, 알을 물고 가는 일개미, 아픈 동료에 게 꿀을 먹이는 꿀단지 개미, 잎사귀를 물고 가는 잎꾼 개미 몇 시간째 길도 아닌 길을 찾아가는 중

습기감지능력이 뛰어나 저기압 상태를 미리 알고 이사가는 개미

길도 되고 줄도 되는
일기예보는 적중률이 높은 편

몸의 외부

옷에 대해 말씀 드리겠습니다

두근거렸던 가슴과
보행의 기억을 가진 옷을 풀어놓으니 난전이군요

새 옷은 몸에 선물하는 최고의 방법이지만
헌옷을 골라 입히는 것도 몸에 선물하는 최선의 방법으로
헌옷이지만 새로 입으면 새 옷
십 년을 줄일 수 있는 옷을 골라 입고 거울 속에서 십 년 전 나에게 말을 겁니다

이런 옷도 샀었구나
이런 옷도 입었었구나

몸의 바깥이었던 옷,
몇 계절 동안 밀려났던 옷을 싣고 간 고물상
버림받은 옷들을 저울에 달자마자 패대기치는 고물상 주인

20킬로군요, 만이천육백 원입니다

보푸라기 생기고 늘어났다고 유행지났다고 만이천육백원, 내 몸의 외부를 거두어 집으로 왔습니다

다시는 나의 외부를 파는 짓은, 그런 짓은……

겨울 편지

누구는 행간行間을 글줄과 글줄 사이라고 하고 누구는 행간行姦을 이성과 부정한 육체적 관계라고 하는 행간의 여백을 따라가면 겨울에 보낸 편지 또한 얼어 있어서 자주 미끄러질 때 친절하지 못한 문장 처음부터 다시 읽는 동안 행과 행 사이에 흩뿌려진 난자難字가 녹으려면 오는 봄을 기다리거나 오독으로 남겨놓을 수밖에

읽는 동안 겨울,

묶을 때와 풀 때

시침질에서 온 매듭으로 바늘이 우선 멈춤

풀어보려고 실을 잡아당길수록 조여드는 매듭 이빨로도 풀 수 없을 때 결국 고르디우스의 방식으로 자르는 매듭

평생 옹이의 감정으로 풀리지 않는 멍은 시간이 가면 풀리지만 한번 지어진 매듭 풀려고 힘을 주면 줄수록 옹이지는 매듭은 살살 달래고 어르고 나서도 풀리지 않을 때는 맬 때와 정반대로 풀어야 풀린다

뼈와 뼈를 이어주는 인대도, 사람과 사람을 어어주는 마음도 보이지 않는 매듭으로 이루어져 부모가 지은 매듭으로 태어난 나 또한 매듭을 짓고 풀면서 내가 묶은 매듭인데도 내가 풀 수 없을 때

풀어야 할 매듭과 풀지 말아야 할 매듭을 자르고 싶을 때가 있지만 매듭을 짓지 않았다면 남남이었겠다

3부

댕강나무

육조목六條木이라고도 부르는 나무 바람만 스쳐도 겁이 많아 긴장하는 나무 꽃만 떨어뜨리고 바람이 세게 불 때면 나무의 고통을 조금이라도 줄이려고 모진 마음으로 댕강댕강 소리를 내며 부러지는 나무

잎 뒷면에 털이 있는 영월 털댕강나무, 잎 뒷면에 털이 없는 울릉도 섬댕강나무, 가지에 흑색 선점이 있는 계방댕강나무, 줄댕강나무 바위댕강나무, 좀댕강나무, 주걱댕강나무 모두 댕강나무 친척들

의성어에서 유래된 나뭇가지를 꺾으면 '댕강' 하고 부러져서 '댕강'이란 이름 붙여졌다면

작은 쇠붙이가 부딪칠 때 나는 맑은 소리와, 망나니의 칼휘두름에 목이 달아나는 끔직한 장면이 떠오르는 댕강나무, 부러뜨리려고 하면 댕강 하고 부러지지 않는 나무에 왜 댕강을 붙였을까

현관 나들목

계절을 바꾸어 신고
뒤를 두고 드나드는 곳은
계절이 묵어가는 곳
나갈 때도 순서가 있는
오늘의 계절은
다음 계절에게 밀리는 현상
계절을 신고 다녔던 걸음으로
눈 오는 날 다녔던 웅숭그린 부츠나
비 오는 날 다녔던 퉁퉁 불은 장화
친애하는 발 냄새는
발목 아래에서 올라오고
암수 식별이 어려운
양과 소의 울음소리가 걸어다니는
현관 나들목
철이 바뀌면 바뀌는 대로
발을 입히는 신발도 바뀌고
아침저녁 인사말이 바뀌는 일일
계절을 따라 교체되는 신발

안녕이라고 할 때마다

얼음물 한 잔을 앞에 놓고
긴 시간을 마주한 적이 있다

하고 싶은 이야기, 독백으로 쌓일 때
유리잔의 결로는 무음의 분위기를 타고
말없음표로 울고 있다

괄호 안에 묶여 있을 때 우리였다가
괄호 밖으로 나가
우리가 아닌 우리가 잠가놓은 계절
여전히 계절 안에서 넘길 적마다
몇 줄로 요약된 말없음표
하고 싶은 말도 듣고 싶은 대답도
말없음표로 남아 있는 그날
세상에서 가장 무거운 신발을 신고
십 리도 못 가서 발병이 났다
그 후로 무심코
안녕, 안녕 할 때마다 발병이 났다

정확히 이분二分

이분된 몸을 보면서
춘분과 추분을 생각했다
내친 김에 동지와 하지도 생각했다
하나인데 둘로 나눌 수 있는
깨진 거울을 보며,
거울 속에 이분된 나를 보며
두근거리는 심장을 반으로 나누면 반만 두근거릴까
두 개의 콧구멍도 숨쉬는 용량이 똑같을까
입을 반으로 나누면 말을 반만 하게 될까
오른쪽 눈알과 왼쪽 눈알의 무게가 같을까
양쪽 귀가 듣는 소리의 양이 똑같을까
머리도 반으로 나누면 생각도 반으로 나누어질까
나쁜 양심을 반만 버리면 세상의 반은 깨끗해질까
지우개를 반으로 나눠 지우면 추억도 반만 지워질까

생각의 생각을 더하다가 문득
모두 이분으로 나뉠 수 있는데
나를 반으로 나뉘었다 합치면
똑같을 거라는 생각에
다시 깨진 거울을 본다

조팝꽃 별자리

철마다 옮겨 앉는 별들이
조팝나무에 떨어져
밤에도 반짝이고 있다

바람의 편애로
분분히 흩날려서
별들이 떨어진 하늘
빈 집이겠다
깜깜하겠다

철마다 옮겨 앉는 별들이
조팝나무에 떨어져
다글다글 피어 있는 꽃들을
조팝나무 별자리라고 작명하는
지상의 편애가 한창인 봄

낮에도 조팝꽃 별자리가 휘어
땅에 떨어질 것 같은 꽃별들
지나가는 오후가 재촉하는 낙화

누가 명자를 부를 때

강아지도 명자
내 이름도 명자
나무 이름도 명자
누군가 명자야 하고 부르면
우리 셋이 뒤돌아본다

강아지는 저 부르는 줄 알고 짖고
나는 나 부르는 줄 알고 돌아보고
명자나무는 저 부르는 줄 알고
붉은 꽃을 피우는 우리 집은
명자만 산다

명자나무에 핀 붉은 꽃은
붉은 신호등,
정지 신호라서 우선멈춤을 하고
다음 신호를 기다리는데
명자나무 신호등은 바뀔 기미가 없다
어쩌자고 저리 붉게 피어
사람을 기다리게 하나

봄은 분홍 재킷을 입고 온다

몸살을 심하게 앓아서
온몸에 열꽃이 돋는 진달래나무
봄바람에 열이 내리고
입 무거운 나뭇가지가 입을 열었다
다음 계절에 밀려갈 때 가더라도
화사하게 차려 입은 진달래나무
가늘고 시커먼 나뭇가지 속에서
어둠을 떨어내고
나오자마자 애교짓을 무슨 수로 당할까
가지마다 예쁘다는 어휘를 걸어놓아
말문을 막히게 하는 분홍세상
헤매고 찾았지만 찾지 못했던
흰 빛이 섞인 붉은 빛 분홍세상
진달래 나뭇가지에서
해마다 분홍 재킷을 입고 온다

화문花紋

입김과 콧김과 향수와 화장품 냄새로
실하게 서 있는 콩나물들
서로 부딪치지 않기 위해
고개를 돌리거나 숙이고 있을 때
갑자기 지하철이 멈춰서
앞에 있는 남자에게 쏠렸다가
제자리를 잡았을 때
남자 셔츠에 내 입술이 찍혔다
일부러 그런 것은 아니지만
립스틱이 당신 셔츠에 묻었다고
말하기도 뭐해서 어정쩡할 때
스스로 콩나물시루에서 뽑히려고
남자는 등을 돌렸다
봄은 아직 먼데
하얀 셔츠 주머니 부근에 핀
진달래 꽃잎 한 장
불화의 꽃잎이 될 수도 있고
배신의 아이콘이 될 수도 있는 꽃잎
뿌리를 땅에 두지 않고 가슴께에 핀 꽃
전철 문이 열리자마자

꽃대가 목적지를 향해 갈 때
빠르게 사라지는 꽃잎 한 장

잠의 우물

잠의 우물을 퍼올리기기 전
저절로 입이 벌어지면서 나오는 하품
일정 시간 동안 몸의 활동을 쉬면서
의식이 없는 상태로 가려는 전조증상
커피를 마신 날 잠은 남의 일
잠의 내부에 잠이 고이지 않아
옆자리에서 들려오는 코고는 소리로
잠의 밖으로 빠져나와
잠의 우물을 들고 등을 돌려
한 우물을 파기 시작하면 새벽 2시
잠의 내부에 조금씩 고여지는
잠의 우물도 생시의 우물과 같이
움푹한 곳에 고여져
지나간 하루가 통째로 잠겨
새우잠을 자고도 고래 꿈을 꾸는 곳
죽은 사람도 만나고
산사람도 죽어 있는 그곳은
일정하게 코고는 소리가
잠의 우물을 맑게 하지만
새벽 알람 소리에 파문이 일어

잠의 우물에서 눈을 뜨면
언제나 젖은 옷을 입고 있다

목마른 길

열무를 다듬었다
숭숭 뚫려서 그물이 된 열무를
한 움큼 쥐고 흔들어대자
집을 메고 있다가 벼락을 맞은 달팽이
공깃돌처럼 움츠러든다

숭숭 뚫린 열무 잎사귀는
달팽이가 여름 내 걸어온 길
누구에게는 끝이고 시작인 길
걸어오고 걸어가도 흔적도 없는데
오체투지로 기어가는 달팽이가
목이 말라 잠시 쉬었던 길
가다가 쉬고, 쉬면서 걸어온 길은
다시 돌아오기 위해 흔적을 남긴 달팽이

피부호흡으로 수분 손실을 막고
명암으로 판별하여
넓고 편평한 배로 기어가는 달팽이
오른쪽으로 감긴 껍데기를 지고 가지만
그 껍데기마저 짐이 될 때

버릴 게 없을 때까지 버리고
맨 몸으로 다시 기어갈 달팽이를
열무 잎사귀로 가려주었다

약성과 향기의 이분법

계절을 무럭무럭 따라가는 노란 잎사귀와 함께 떨어지는 열매의 향기는 호불호 꽃 없이 열매가 어디 있으랴만 온데 간데없는 향기 대신 열매의 냄새 때문에 그동안 받아왔던 사랑마저 베어버리자는 분분한 의견으로 늦가을이 사라진다는 후문, 늦가을만은 아니겠지만 좋은 약성이 있는 열매라도 해를 거듭할수록 불쾌한 냄새를 견디는 시간은 너그럽지 않아서 머지않아 빗자루로 쓸어내는 시간보다 뿌리째 뽑혀나가는 시간이 앞당겨질 것이다

백비白碑 읽는 법

보탑사 입구 석탑지에서 백비를 보았다
여백뿐인 비신에는
글자를 새긴 흔적이 없어서
다 채우고 넘어간 다음 장 같기도 하고
소실되지 않기 위해 꾹 닫은 입 같은
저 반들거리는 여백
들키지 않기 위해 숨겨놓은 글자들이
박혀 있는 백비 네 면, 구석구석
구름이 읽고 바람이 읽고
어둠도 훑어 읽고 빗물마저 더듬어 읽어서
다 닳아버린 비문을
나만 읽지 못하는 백비
너무 많은 이야기를 전하고 싶어 비워둔 걸까
아니면 기억을 지우기 위해 모두 지운 걸까

청주 욕쟁이할매

욕이 돈을 벌게 했지
욕 하면 할수록 밥을 많이 팔았지

꽁보리밥에 이놈 저넌 섞어서
된장찌개 부글부글 끓여줄 때
밥 한 그릇 뚝딱 해치우는
첫 손님 밥값은 침을 퉤, 뱉고
머리에 쓱 문질러 속바지 주머니에 넣었지

입만 열면 욕이 반
그래도 욕으로 대답하는 사람은 없고
욕 하면 할수록 밥이 잘 팔렸지
언젠가 밥을 깨작깨작 처먹는 놈에게
배고플까봐 욕을 해댔지

잘 가라 이놈아

나도 첨부터 욕쟁이할매 아녀
미쳐가는 세상에서
과부가 칠남매를 키우다보니

치마 둘렀다고 시부렁거리는 놈들에게
세상에서 제일 어려운 욕을
나를 지키려고 했던 욕
하면 할수록 소문이 나서
돈 벌게 하는 욕
욕도 욕을 먹은 사람이 욕 하는겨

마음의 문

마음을 열고 들어오라는 개심사
들어가기 전에
마음을 열고 닦아야 되는데
쉽게 열리지도 닫히지도
그렇다고 닦이지도 않는 마음의 문

중생은 마음에 창문이 있어서
열리기도 하고 닫히는 문을
열고 닫는 일은
마음을 가두거나 여는 일

겨우내 마음을 닦고 있던 벚꽃나무도
마음에 문을 열어 분홍세상을 여는데
미욱한 중생은
마음을 닦기는커녕
마음에 문을 열지도 닫지도 못하고
붙들고 있네
놓지도 못하고 있네

4부

1234는 버리고 56789는 올리고

앉아 있을 때는 그나마 괜찮지 서 있으면 키 큰 친구 앞에서 주눅들어 몸집과 키에 관한 적극적 자세로 허리를 펴고 턱을 치켜세워 재어도 159.5㎝, 옷을 입은 채 재어도 44.5kg

키와 몸무게를 늘리려고 많이 먹어도 늘지 않고 오히려 줄어드는 키와 몸무게 0.5라도 더 나가고 더 키우고 싶어도 크지 않고 늘어나지 않는 신체 나이에 키와 몸무게를 반올림하면 160㎝, 45kg

0.5만, 더 크고 싶고 더 무겁고 싶어서 때에 따라 0.5센티를 올리고 늘리는 반올림 법적으로 저촉받지 않아 1234는 버리고 56789는 올려서 써먹는 키와 몸무게

1234는 버리고 56789는 올려서
0.5만큼 무거워지고 0.5만큼 커지는 중

아버지를 닮은 사람들

집밥 잡수러 오시는 아버지를 위해
몇 시간 전에 대문을 열어놓았다

— 다 모였구나

정해진 시각에 오신 아버지
제상 가운데 앉으시고
아버지를 닮은 사람들과
생전에 못 보셨던 물방개 같은 증손자들
무릎을 꿇고 조아려야 메를 드시는 아버지
한참을 기다려도
수저를 들지 않으셔서
진설할 때와는 반대로
옮겨 물리는 철상,
북쪽에 놓인 제사상을 방 가운데로 물리고
아버지가 드시던 음식을 뒤에서부터
전은 전대로 과일은 과일대로
과자는 과자대로 쏟아낸 목기가 탑처럼 쌓인 밤

무릎 꿇고 머리 조아린 사람들에게

일 년에 한번 베푸시는 한 끼
갱물을 나눠 마시고
삼색 나물을 비벼먹는 아버지를 닮은 사람들

종이문패

요양병원 2동 201호 김순예
종이문패 처음 달던 날
친정이다 생각하고 자고 가라는 어머니
종이문패에서도 약 냄새가 난다고 하신다

저 문패를 달기 위해 구십 평생을 달려와
월세 60만 원 내고
간호사가 달아준 종이문패
방 주인이 바뀔 때마다
쓰레기통으로 들어갈 종이문패

처음으로 본인 이름을 걸어놓자마자
머잖아 고인 김순예라고 쓰인
새 문패 하나 걸기 위해 준비하는 어머니

혈관이 막혀 중심을 잃고
겨우 종이문패 하나 걸었지만
나를 세상으로 힘차게 밀어냈던
가장 강한 어머니
물에 젖거나 구겨지지 않는 이름이다

기분 좋은 밤

여름밤을 지켜주는
한 평도 안 되는 모기장 안에서
여름을 식힐 때
모기는 모기장 밖에서
우리는 모기장 안에서
자정이 넘어가는 시간
모기가 모기장 밖에서 바라보는 모기장은
모기에게 장애가 되지만
우리에겐 보호막이 되는 모기장
밖에서 안을 볼 때와
안에서 밖을 볼 때는 배고픔의 차이
모눈 밖에서 살아보려고
앵앵거리는 걸 듣다보면
남아돌아가는 피 몇 방울 주고 싶다
가렵게만 안 해준다면
피 몇 방울쯤이야 그냥 주고 싶은 밤
젖산을 분비하는 내가 모기를 유혹했는지
정확히 알 수 없지만
모기장을 경계로 안과 밖이 나뉘는
여름밤은 괜히 기분 좋은 밤

그 밤과 이 밤

밤꽃 향기는 노골적으로
밤송이는 방어적으로
밤을 보내야 밤이 열립니다

부풀대로 부풀어오른 산모의 배
자궁 내벽에 붙어 양수로 자란 가시라서
더욱 날카롭습니다

가시는 밤을 지키려는 어미의 본능
자궁 문을 스스로 열고 툭, 툭 떨어집니다

밤은 떨어지면서 분리되고
밤은 지우새면서 합쳐지는 혼인날,
자손 번창을 위해 밤은 힘껏 던져졌고
밤은 개인적으로 특별한 아침을 맞습니다

밤이 밤 속에서 밤의 말을 나누었던
그 밤과 이 밤

밤새 밤을 주우러 깊은 산속을 헤맸었나

길을 잃고 헤매는 밤과 밤가시
맨발과 맨손을 아주 좋아합니다

여강을 아시나요

여강을 아시는지요
강 언덕에 육백 년 향나무가
여강에 제 몸을 비춰
나이를 세고 있는 것을 보셨는지요
보름이 되면 여강에 목욕하는
달의 발가벗은 살결을 만져보셨는지요
은행잎은 떨어지면서 음표를 만들어가며
여강 노래를 부르는 것을 들으셨는지요
강가 너럭바위 아래에서
청둥오리 한 쌍을 보셨는지요
강월헌 누각에 기대어
마음으로 불러보는 이름을
여강에 띄운 적이 있는지요
여울진 물소리가 울음으로 흘러가는
여강을 아시나요

＊여강 : 여주에 있는 강.

옮겨심기

시모님도 시집 와서 며느리 되고 나도 시집 와서 며느리 되고 너도 내 아들과 결혼해서 얻은 이름

며느리

옮겨심기 위하여 씨앗을 뿌리는 모종과 조심스레 뿌리내리는 이식된 나무와 같은

9 : 1의 엄지

이름 앞에 붙는 '큰'이란 명칭이
지금까지 나를 키운다
딸, 언니, 며느리, 고모, 이모, 조카 앞에
'큰' 자를 붙여 부를 때마다
왜소한 몸이 점점 작아지는 사람
정말 큰 사람인 줄 알고 착각을 한다

사람도 그릇도 틀로 만들어져서
그 틀에 갇혀 살 때
때로는 '큰'이란 명칭이 좋을 때가 있다
'큰'이라는 명칭 앞에 책임도 있지만
대우받는 쪽에 가까워
큰언니까진 좋았다
큰형수 큰엄마라고 부를 때
큰 사람도 아닌데 큰 자를 붙여줄 때
큰사람처럼 우쭐거리고 살았다

못사는 집 큰딸이라서, 큰며느리라서
수고했다는 말을 수십 번 들었지만
갖고 싶은 것, 먹고 싶은 것, 입고 싶은 것도

참아야 할 때가 많아
막내로 태어났다면 하는 생각도 했지만
나를 키운 건 팔 할이 '큰'이다

발이 들어 있는 눈

까막눈 속에 자식들을 넣고 사시는 어머니 아픈 자식일수록 못 배운 자식일수록 멀리 떨어져 사는 자식은 아픈 손가락이라는 어머니 요즘 들어 이 세상에 없는 자식까지 까막눈 속에 넣어두고 눈에 밟힌다는 아픈 눈 아픈 자식 못 배운 자식 떨어져 있는 자식 이 세상에 없는 자식들 어머니의 까막눈을 밟고 있어도 밟힌 줄 모르고 눈에 밟힌다는 슬픈 눈 속에 발이 들어 있어서 진물나는 까막눈

입 속에 살고 있는 어흥

떼를 쓰면서 울 때
엄마 입속에서 어흥 소리가 들렸다
어흥! 어흥! 할 때마다
울음을 그쳤고
오줌이 마려워도
화장실도 혼자 못 가게 하는 호랑이
엄마 입을 통해서
나타났다가 사라지는 호랑이가
두렵지 않은 나이
입속에 호랑이를 키우고 있다
딸아이가 떼를 쓰거나 심술을 부릴 때
어흥! 한번 하면
딸아이도 울음을 그치고 화장실도 못 간다
엄마만 입속에 호랑이를 키우고
엄마만 호랑이를 불러내는 줄 알았는데
나 역시 호랑이를 키우고 호랑이를 불러낸다
엄마들 입속에서 살고 있는
호랑이가 나타날까봐
화장실도 못 가고 종종거리는 딸아이도
언젠가 엄마가 되면
호랑이를 키우고 호랑이를 불러내겠지

텔레비전과 싸우는 어머니

왜 쳐다보는겨
내가 뭐랬다고 지랄하는겨

꺼져 있는 화면을 보고
거울처럼 반사된 화면에 자신의 얼굴을
몰라보고 심통난 어머니

날 얄보는겨
내가 안 보는 줄 알아
저년 내 서방 뺏은 년
또 뭘 뺏으려고 왔어
당장 나와
왜 안 나올겨

기억의 회로에 좀이 슬어
이어졌다 끊어졌다 제멋대로다
이 세상에 저 세상을 끼어넣기도 하고
저 사람과 이 사람을 바꾸는 어머니의
기억마당에 불이 꺼져
모두가 낯선 타인이고

모두가 남편 뺏는 나쁜 년들이라서
어머니는 몇 시간째 텔레비전과 싸우신다

종이컵

들고 다닌다고 규칙이 없는 건 아니다

힘주어 쥐면 안 된다는 것쯤은 법을 공부하지 않아도 알 수 있는 용기勇氣, 내용물의 온도차에 따라 흡입하는 양과 소리가 다르게 나는 이 용기容器는 용기 있는 사람만이 뜨거운 것을 마실 수 있는 종이컵

빼앗는다는 것,
누구를 사랑한다면 입술을 뺏는 일

이 용기도 그 누구에게 빼앗길 때 용기 가장자리부터 빼앗기는 성별에 따라 붉은 도장을 찍을 때가 있고 내용물이 줄어들 때마다 사라져간 물의 나이테를 확인할 수 있는 종이컵

할머니 말씀대로
이래용 죙이컵, 속에 곱게 갈린 여름이 들어 있을 때가 있고 들고 다니는 겨울이 들어 있을 때가 있는 종이컵

휙휙 버려져도, 쉽게 구겨져도 컵은 컵이다

번뇌를 솎아내도

어젯밤 내린 비로 빼곡히 올라온 상추 모종밭에서 큰 것만 남기고 볼품없는 상추를 솎아냈다

뿌리내린 것들은 땅 위로 올라오기 바빠 아우성치고 올라온 것들은 안 뽑히려고 뻗대다가 잘려져 하얗게 울고 있는 상추의 눈물로 밭 한 뙈기가 질척하다

될 성 부른 잎사귀 사이로 언뜻언뜻 보이는 빈 자리에 방금 흙을 이고 나온 어린 상추 잎들이 잡념처럼 자라면

악착같이 뽑아내도 악착같이 다시 돋아나는 번뇌의 밭

우산밭

잃어버린 것은 어디쯤에 있다는 말

한때 귀중품이었던 우산, 두고온 것과 잃어버린 차이로 혼나는 정도가 다르지만

잃어버린 것은 어디쯤에 있어서 우산을 찾으러 돌아온 길을 되짚어 가다보면 우산을 빌려주는 연밭이 있다

버려진 우산 찢어진 우산살이 부러진 우산 중에 내 우산만 없는 연밭

우주 소식을 갖고 오는 비바람에도 꺾이거나 뒤집어지지 않아 우산이 될 수 있는 음전한 연잎

음전하지 못하게 뒤집어지거나
꺾인 연잎도 우산이라서
일기예보 맨 윗자리에서 비바람 불다가 그친 날

잃어버린 우산은 남의 우산, 그 우산 찾으려고 연밭에 가면 언제든지 빌릴 수 있는 초록 우산

미친 커피

미국에서 십 년 만에 온 친구와
남산 근처에서 청국장찌개를 먹었다
떨어져 산 거리만큼 시간만큼 나오는 이야기,
기분도 낼 겸 S호텔 커피값을
내가 쏘기로 하고 들어간 로비
별이 쏟아질 것 같은 조형물과 어둑한 조명
동네 카페와는 분위기가 달랐다
예약을 하지 않고 들어간 구석진 자리,
조용히 말하고 조용히 웃는 사람들
복화술 하는 사람들 같다
메뉴판을 보고
체면 구기기 싫어서
한 잔에 5백 원 모자라는 2만 원짜리 커피
직수입된 마카롱 하나가 딸려 나왔다
점심으로 먹은 청국장찌개보다 비싼 커피
반쯤 마셨을 때
차이코프스키의 현악 4중주곡 제1번 제2악장을
첼리스트 혼자 연주하기 시작했다
저급해보일까봐 천천히 마시면서
가격도 잊지 않고 분위기도 잊지 않고

■ 해설

'다정의 근처'를 서성이는 시적 주체와 사물의 세계

우대식/ 시인

정솔 시인의 첫 시집 『새를 데려오는 일』에 새겨진 일상성과 여성성은 어떤 일관된 지향을 보여주고 있었다. 사인여천事人如天이라고나 할까, 약한 대상에 대한 관심과 애정이 그것인데 우리가 일상에서 지나치기 쉬운 측면들에 대해 예리한 감각의 촉수를 드리우고 있었다. 시의 산문화와 난해성이 일상화된 오늘날 정솔 시인의 시집을 읽는 일은 어떤 위로 같은 것을 독자에게 선물한다고 할 수 있다. 바로 자신이 선 지점에서 손에 잡히는 일상에 대한 탐구를 통하여 자아와 세계에 대한 관계를 규명해내고 있다. 빨간 고무장갑, 슬리퍼, 주머니 등 늘상 마주하는 사물에 대한 고찰은 이 시집의 기원이 어디인지를 짐작케 해준다.

주면 주는 대로 받아먹고
게워내는 입술 무늬 주머니
점진적으로 부풀어지다가 줄어들면
무소유에 가까워지는 주머니

신용카드를 분실하였을 때
맨 먼저 주머니를 의심
죄 없는 공복의 주머니가 탈탈 털린다
무례한 손이 몇 번씩 들락거리고
그것도 모자라 주머니를 꺼내고 뒤집어
부끄럽게 하는 행위의 순서
때로는 스스로 뒤집어져서
결백과 무죄를 증명하는 주머니
순서 있게 들어가 막 섞여져
역류성 위염에 걸릴까봐
마지막에 입는 수의에는 없다는 주머니
은폐된 곳이라서 더디 마르는 곳
좀처럼 속을 내보이지 않지만
스스로 뒤집어져서
속마음을 보여줄 때
두 손 넣고 걷는 걸 경고하는 주머니

—「주머니가 하고 싶은 말」 전문

주머니에 부여된 사물성에 대한 탐구가 이 시의 중심 모티브이지만 자세히 들여다보면 여기에는 인간의 일상적인 행위가 개입되어 있다. 그 인간의 행위란 그의 시어를 빌자면 "무례"한 짓이다. "죄 없는 공복의 주머니가 탈탈 털린다"는 진술은 주머니에 대한 인간의 행위가 얼마나 극악스러운 것인가를 적나라하게 보여준다. 사물의 필요와 쓰임이라는 공리적 측면을 제외하고 나면 인간이 사물을 대하는 대표적인 방식을 보여주기 때문이다. 이러한 적나라함은 시적 화자의 시선이 사물의 시선에 가깝기 때문에 벌어지는 현상이다. 구멍 난 고무장갑이 버려지는 장면을 그리고 있는 시에서 "버려지는 것도 선택이다"(「비표준어 빵꾸」 부분)는 시적 표현도 역시 마찬가지로 사물의 시선을 보여준다. 이러한 인간의 행위는 인간의 이기적인 삶을 적나라하게 보여준다.

인간의 태도에 대한 비판적 시선은 "마지막에 입는 수의에는 없다는 주머니"라는 표현을 통해 확인할 수 있다. 주머니를 갖는다는 것은 끝없는 의심의 세계를 살아야 한다는 비극성을 포함되어 있음을 이 시는 보여준다. 그러한 면에서 이 시의 제목 「주머니가 하고 싶은 말」은 계몽적 서사를 포함하고 있다. 사물을 통한 서사성의 구현을 이 시집의 한 특성으로 들 수 있는데, 바로 주머니의 경고를 통해 우리의 삶을 돌아볼 것을 요구한다는 점에서 주머니는 하나의 환유적 속성을 내포하고 있기도 하다. 이러한 환유적 성격은 좀 더 본격적인 우화의 시를 보여주기도 한다.

밥이 된 걸 제일 먼저 알고
밥맛을 보는 것도 밥을 푸는 것도
주걱이 먼저지만
주걱으로는 밥을 먹을 수 없어서
한번 주면 정 없다고
두세 번을 퍼주는 주걱의 권리는

밥을 배분하는 일,
숟가락을 부르는 일
주걱 근처에 놓이는 숟가락은
주걱이 하는 일을 부러워하고
주걱은 숟가락을 부러워하는 식사시간
밥공기에 밥을 퍼넣는 자격은 주걱뿐
누가 밥을 얼마만큼 먹는지
나이와 체질에 따라 배분할 줄 아는
다정의 근처
드세요, 더 드세요 재촉하는
계량 1번지에 주소를 둔 주걱은
숟가락의 허기를 모르고
숟가락은 주걱의 큰 뜻을 모르는
주걱과 숟가락의 계량 1번지

—「계량 1번지」 전문

이 시는 고전소설 가운데 가전체를 연상시키며 '주걱傳'으로 재구성해도 재미있겠다는 생각을 하게 된다. 이 시를 통해 보면 주걱은 밥이 된 것을 가장 먼저 알고, 밥맛을 보는 것도 밥을 푸는 것도 주걱이 제일 먼저 하지만 주걱은 밥을 먹을 수 없다. 이 지점에서 주걱은 하나의 비유적 성격을 띠고 있다. 주걱은 다분히 모성母性의 속성을 보여준다. "주걱의 권리는/ 밥을 배분하는 일,/ 숟가락을 부르는 일"에서 보듯 모성의 권리와 근접된 윤리성을 보여준다. 더

나아가 "누가 밥을 얼마만큼 먹는지/ 나이와 체질에 따라 배분할 줄 아는/ 다정의 근처/ 드세요, 더 드세요 재촉하는" 주걱의 행위야말로 모성을 그것과 정확히 일치하는 측면이 있다. 가족 개별자로서 "숟가락"은 "주걱의 큰 뜻을 모르고" 늘 투정을 하고 보채기만 한다. 주걱의 혹은 모성의 "다정의 근처"가 사라졌을 때 우리는 고아가 되는 법이다.

일상에서의 여성성에 대한 탐구는 냉동실을 열다 발등에 떨어진 얼린 쑥버무리를 통해 그려지기도 한다. "단오절이 녹고 있는 얼음행성에도 곰이 살았나보다/ 여자가 되기 위해 쑥떡을 해먹다가/ 어느 봄날 떨어뜨린 저 쑥버무리 얼음행성,/ 냉동실을 열 때마다/ 행성 하나씩 떨어져 우주 재벌"(「SS 행성」 부분). 이 긍정적이고 넉넉한 여성성 혹은 모성은 이 시집 전체를 낙관적 세계로 이끈다. 또한 다른 사물을 그린 「국자의 완고함」이나 「슬리퍼를 속되게 부르면」 같은 시에서도 사물의 쓰임에 대한 섬세한 천착을 보여주고 있다. 사물에 대한 애정과 관심은 정솔 시인의 앞으로의 문학적 향방에도 커다란 영향을 미칠 것이 분명하다.

정솔 시인의 시적 특징 가운데 꼭 짚고 넘어갈 특징 가운데 하나는 언어유희와 관련된 부분이다. 언어유희는 같은 소리가 나거나, 소리는 유사하지만 뜻이 전혀 다른 말을 사용한 비유법으로 풍자 혹은 의표를 찌르는 수사적 방법 가운데 하나이다.

애 볼 때 애 먹은 걸 까먹고
삼합집에서 서비스로 나온 애를 먹으면서

진짜 애 먹는 줄 알았다

먹기 좋은 크기로 썰어놓은 애
꽃송이를 다루듯 살살
애 한 점 넣으면
입안에서 사르르
거시기에 비해 큰 애를 먹는 일

살구꽃 같은 애 한 점 넘기는 동안
애간장이 녹았을 홍어
귀상어한테 쫓겨 애 터지는 줄 알았던 일
어선이 지나갈 때 애가 타들어가던 일로
애태우던 애 한 접시를 앞에 놓고
맨 정신으로 남의 애를 먹을 수 없어서
숭고하게 막걸리를 마시며
애를 먹는다는 건 진짜 애 먹는 일

어느 날 어떤 곳에서
까맣게 탄 내 애를 내 애가 본다면
며칠은 숭고해지겠다

—「애를 먹다」

1연의 "애"는 세 가지의 의미로 분류할 수 있다. ①아이, ②고생하다, ③홍어 내장, ④고생하다 등의 의미로 이해할

수 있다. 삭힌 홍어도 먹기 쉽지 않은 음식이지만 홍어 내장을 뜻하는 "애"는 익숙하지 않은 사람들에게는 정말 먹기 힘든 음식으로 알려져 있다. 아이 보기 어려움에 견주어 홍어 내장을 먹는 어려움을 이야기하고 있지만 정작 이 시의 핵심적 메시지는 3연에 있다. 홍어 내장의 쏘는 맛의 기원이 귀상어한테 쫓기고 사람들에게 잡히지 않기 위해 애태우던 것이라는 사실에서 사람살이도 여기서 크게 다르지 않다는 자각을 우리에게 던져준다. "맨 정신으로 남의 애를 먹을 수 없"다는 고백에서 동병상련의 처지를 보게 된다. 결국 "애"는 살아온 애욕의 내력을 응집한 실체인 것이다. '속이 썩어 문들어졌다'는 관용어와 같이 굽이굽이 살아온 내력이 육체로 현실화된 것이 "애"라는 사실에서 살아 있는 모든 것에 대한 애도 혹은 연민을 이 시는 보여준다.

돈 오백만원을 빌려주고 받지 못하고 대신 받아온 "악어백"은 글자 수는 다르지만 "오백"과 유사한 발음을 바탕으로 구성한 「들고 다니는 오백」도 언어유희라는 수사적 방법이 동원되어 있다. 더욱이 그 백이 가짜라는 사실에서 "빚에 물리고/ 악어에게 또 물"(「들고 다니는 오백」 부분)린다는 시적 진술도 말놀이를 바탕으로 하고 있다. 말에 관한 높은 관심은 「수수, 수수하다」는 시에서는 수수와 수수하다와 관련된 어휘의 의미 열너댓 가지를 나열하기도 한다. 또한 몸에 대한 사유를 보여주는 「손목터널」도 터널이라는 어휘에 주목하여 말놀이의 대상으로 삼고 있음을 보게 된다. "오거리 다섯 손가락 지방도로까지/ 비상구도 없는 손목터널"(「손목터널」 부분)에 대한 시적 진술은 심각한 육체적 고통에 거리를 두고 객관화시키는 역할을 하기도 한다.

이 언어유희는 전체적으로 각박한 일상에 거리를 만들어 대상을 좀 더 여유롭게 바라보게 하는 역할을 하고 있다. 이러한 일상과의 거리를 상징적으로 보여주는 시편들이 꽃을 소재로 변주된 작품들이다.

철마다 옮겨 앉는 별들이
조팝나무에 떨어져
밤에도 반짝이고 있다

바람의 편애로
분분히 흩날려서
별들이 떨어진 하늘
빈 집이겠다
깜깜하겠다

철마다 옮겨 앉는 별들이
조팝나무에 떨어져
다글다글 피어 있는 꽃들을
조팝나무 별자리라고 작명하는
지상의 편애가 한창인 봄

낮에도 조팝꽃 별자리가 휘어
땅에 떨어질 것 같은 꽃별들

지나가는 오후가 재촉하는 낙화

—「조팝꽃 별자리」 전문

정솔 시인의 시집 『새를 데려오는 일』 가운데 가장 아름다운 시에 속하는 위 시는 조팝나무에 핀 꽃을 별의 은유로 그리고 있다. 특히 2연의 구성은 아름답고도 쓸쓸한 정경을 연출한다. 모든 별들은 떨어져 하늘이 빈 집이 되고 깜깜하겠다는 시적 진술은 적막한 아름다움을 선사한다. 지상의 아름다운 꽃잎과 대비되는 천상의 적막함이란 극적인 장면을 연출하고 있다. "지상의 편애로 한창인 봄"이라는 시적 진술은 조팝나무 꽃의 풍성함에 대한 탐구의 결과물이다.

꽃에 대한 시인의 상상력은 지상과 하늘 혹은 이곳과 저곳의 이원론적 세계의식을 동반한다. "흰 빛이 섞인 붉은 빛 분홍세상/ 진달래 나무 가지에서/ 해마다 분홍 재킷을 입고 온다"(「봄은 분홍 재킷을 입고 온다」 부분)고 노래할 때도 진달래꽃은 어딘가로부터 오는 사물이다. 하늘의 별이 조팝나무꽃으로 오듯 꽃이라는 사물은 신 혹은 자연의 섭리의 근원인 저 먼 곳으로부터 이곳으로 오는 신비로운 존재들이다.

"명자나무 신호등은 바뀔 기미가 없다/ 어쩌자고 저리 붉게 피어/ 사람을 기다리게 하나"(「누가 명자를 부를 때」 부분)에서 보듯 황홀경을 연출하는 꽃은 사람을 기다리게 한다. 꽃 앞에서 하염없이 꽃을 바라보며 기다리는 사람의 마음이란 꽃에 대한 지향을 보여주는 것이기도 하다.

이 꽃을 향한 마음이 시를 향한 마음이라 해도 큰 차이는 없을 것이다. 꽃의 상징성은 시인이 지향하는 바 시적 세계의 현현이라 할 수 있다. 가시적 세계가 아닌 시정신의 세계에 대한 구체적 사물이 꽃인 것이다. 보이지 않는 시정신에 대한 강렬한 지향은 다음과 같이 드러나고 있다.

보탑사 입구 석탑지에서 백비를 보았다
여백뿐인 비신에는
글자를 새긴 흔적이 없어서
다 채우고 넘어간 다음 장 같기도 하고
소실되지 않기 위해 꾹 닫은 입 같은
저 반들거리는 여백
들키지 않기 위해 숨겨놓은 글자들이
박혀 있는 백비 네 면, 구석구석
구름이 읽고 바람이 읽고
어둠도 훑어 읽고 빗물마저 더듬어 읽어서
다 닳아버린 비문을
나만 읽지 못하는 백비
너무 많은 이야기를 전하고 싶어 비워둔 걸까
아니면 기억을 지우기 위해 모두 지운 걸까

—「백비白碑 읽는 법」 전문

어떤 글자도 남지 않고 비신만 남은 백비 앞에서 시적 주체의 절망은 세계에 대한 시인의 절망과 궤를 같이 한다. "구름이 읽고 바람이 읽고/ 어둠도 훑어 읽고 빗물마저 더듬어 읽어서/ 다 닳아버린 비문"이라는 탁월한 발견에 내포된 자기 질의는 나는 누구인가 하는 물음이다. 이것은 세계 앞에 선 단독자로서 시인의 형상을 하고 있다. 이 둘의 공통점은 보이지 않는 것에 대한 지향을 가지고 있다는 사실이다. 보이지 않는 것에 대한 지향으로 인한 절망과 보이지 않는 것을 보려하는 자의 자부심이라는 두 심리적 기제가 시에 고스란히 드러나 있다. 시적 주체가 그 백비의 내용을 읽어가는 과정이 시인이 시를 쓰는 한 과정이 될 터이다.

그 상징적 현현이 앞에 말한 꽃이 될 터이며 「여강을 아시나요」와 같은 시에 좀 더 구체적으로 드러나 있다.

여강을 아시는지요
강 언덕에 육백 년 향나무가
여강에 제 몸을 비춰
나이를 세고 있는 것을 보셨는지요
보름이 되면 여강에 목욕하는
달의 발가벗은 살결을 만져보셨는지요
은행잎은 떨어지면서 음표를 만들어가며
여강 노래를 부르는 것을 들으셨는지요

—「여강을 아시나요」 부분

비신만 남은 백비 앞에서의 절망은 사물의 비의를 간파

한 자의 자부심으로 드러난다. 강 언덕의 나무가 여강에 몸을 비추며 자신의 오래된 나이를 세고 있는 장면이나 여강에 목욕하는 달의 살결에 대한 진술은 누구나 볼 수 있는 현상이 아니다. 시인의 눈으로 간파해낸 오묘한 세계인 것이다.

정솔 시인의 시세계는 늘 현실에 발을 딛고 있다. 따라서 보이지 않는 세계에 대한 탐구도 헛된 상상력을 남발하는 경우가 없다. 예를 들어 "시모님도 시집 와서 며느리 되고 나도 시집 와서 며느리 되고 너도 내 아들과 결혼해서 얻은 이름 며느리"(「옮겨심기」 부분)와 같은 표현은 일상에서 찾아낸 범박한 지혜이며 동시에 낙관적 세계관의 틀로 작용하게 된다.

일상성, 여성성, 나아가 시를 향한 순결한 진격성 등을 통해 시집을 살펴보았다. 난해성을 걷어낸 시편들은 따듯한 위로 같은 것을 전해주었다. 무엇보다 시집 제목으로 삼고 있는 「새를 데려오는 일」이라는 시는 대단히 인상적이었다. 앞으로 이 시와 같은 방법론적 탐구가 이어진다면 전혀 다른 시의 세계로 진입할 것이라 믿는다.

"자루에 묶어서 목소리에 넣어서" 새를 운반하는 일은 새로운 시적 탐험이 될 것이다. 이 빼어난 한 편의 시를 읽는 것으로 글을 마친다.

> 낮보다 밤이 무거운 페루 해변 새의 울음소리가 길어지면 울음이 가득한 페루의 밤도 길어졌다
>
> 새의 사생활은 울수록 자유로워 페루의 바다로 모여드

는 새를 데려오는 일은 울음을 노래라고 노래를 울음이라고 듣는 귀는 따로 있지 않아 울음을 노래로 알고 우는 새를

비행기로, 자루에 묶어서 목소리에 넣어서, 눈 속에 넣어서 가장 저렴한 방법으로 데려온 새

도착하는 즉시 주의사항을 반드시 읽어보고

새장을 두 번,
두 번 이상 흔들 때는 이명증에 걸릴 확률이 높아서 왼손으로 날려보내는 방법을 당신에게만 금요일에 권한다

—「새를 데려오는 일」 전문

현대시세계 시인선 128

새를 데려오는 일

지은이_ 정솔
펴낸이_ 조현석
기 획_ 고영, 박후기
펴낸곳_ 북인
디자인_ 푸른영토

1판 1쇄_ 2021년 05월 19일
출판등록번호_ 313 - 2004 - 000111
주소_ 121 - 842 서울 마포구 서교동 467 - 4, 301호
전화_ 02 - 323 - 7767
팩스_ 02 - 323 - 7845

ISBN 979-11-6512-128-0 03810

책값은 뒤표지에 있습니다.
저자와 협의 아래 인지를 생략합니다.